# 隱生宙

郭霖

## 推薦文

　跟雨林相處的時候，發現他身體裡有一隻巨大的獸，但為了在鋼筋水泥叢林裡生存，他必須把牠藏匿起來。這次雨林的詩集，他找到了一個方式讓牠出來奔跑玩耍，讀著讀著開始哀傷，我想那是共鳴，所以，推薦給渴望自由的你。

陳妤

# 推薦序

初聞這本詩集即將出版，驚訝多於驚喜。據我所知，這些年出版市場慘淡，讀者原本即屬於小眾的詩集，更是乏人問津。所幸，作者雨林出版這本詩集，既不是為了營利，也不是為了成就感。

雨林與我結緣於大一國文通識課程，那是遙遠的多年前在南部某大學。後來，雨林進入職場踏入社會，在一次談話中，我知道他有意創作小說，並且不急功、不躁進，把小說創作當成了一個長期耕耘的目標。時光匆匆，多年後，我們再相聚於台北，談及創作結集出版，我這才意識到雨早已轉換了文類。但也無妨，不論古今，詩言志也好、詩緣情也罷，總是不假。這些年雨林隻身北漂在異鄉，雖是一種理想的追求與奮鬥，但也必然有驀然回首、黯然神傷的時刻。而在寫作上，一如過往，他採取了軟磨功夫，每當情思觸動、文思湧現，便打開了電腦，將諸多心緒一首又一首化為文字。

現代詩的局限雖然不多，但晦澀的作品不少。然而，雨林的詩卻並不晦澀，閱讀他的詩作，大多數的時候，都能很清楚地接收到作者所欲傳達的詩意，感受到當中的情思。在此推薦給喜歡現代詩的朋友們欣賞。

南方故交　楊雅琄
中山大學中國文學系兼任助理教授

# 雨中之林

親愛的雨林

還記得2017年初春，我和思源開設表演課，因報名人多需先甄試。初見你纖細的身軀，卻有堅定的眼神，我願你是我的學生，能有表演上的交流。

上課時你渴慕學習，在各項戲劇習作中，見你慢慢逐一地抒放了自己。課程結束，我們有一個群組，而你總是第一個提出想念大家該約聚的有情人。

上個月大夥兒一起看完電影《刻在你心底的名字》，你仍是第一個舉手發問的人。散場後，你告訴我，你要出詩集，我主動要求先睹為快。收到你的紙稿，成了我每天繁冗工作下，一劑心靈歇望的時刻。

見你詩中常以景入情，時而像電影的鏡頭，有遠景、中景、近景，到特寫出最真切的內

心。篇篇皆有戲劇的角度，給了角色重量與層次。我圈選如下～

我愛極了你整首〈送上一杯最暖的咖啡〉每一字詞比喻的新意。

「便利商店的紅酒　有着無法勃起的味蕾」
——〈送上一杯最暖的咖啡〉

「寫下一首最苦悶的情詩
在公車車窗反潮時
留下一句彌足珍貴的告白
在錄音機的末日」
——〈送上一杯最暖的咖啡〉

「永恆　在說了愛你之後
便有了時限」
——〈守望花田〉

「思念學會了跟蹤」
——〈後來的雨擅於調製〉

「後來的雨擅於調製
敏感　複雜性的　味覺哀樂」
——〈後來的雨擅於調製〉

「我願　褪去衣衫時
牌位前少一炷香　多一道月光」
——〈證明〉

哇～有太多太多好詩了，我圈選不完……樂見你多年勤寫的詩有成。你做配音工作，總隱藏人後，為各個角色用聲音演出他們的生活。而今你的詩集成冊，你用文字走過自己的生命歷程。

這本詩集或許受眾不多，就像我們總叫你「雨林」，雨中的林，外界可能不識，但林一直都在。願現在、未來有緣的人拾獲，一起涉足林中，深吸詩意的空氣。

「有一天我們會對望
　站在彼岸
　不是哭着而是笑着
　不是現在　而是未來」
　——〈懸崖邊的癩狗〉

愛你的師（詩）
王月
2020，秋末

# 目次

## 滿溢水岸的金針花浪

## 懸崖邊的瘸狗

## 命定悖論

## 薔薇樹旁的搖椅結了繭

# I.

# 迎向晨曦的每一天

屋簷下的蕨
飲著每一滴晨間的露
低調不張揚
大氣溫度攀升之時
行進的草間舞蹈
雖整齊劃一
總有一兩拍故意踉蹌
隨意倒向彼此胸膛

## 尋芳記

守門者低聲
參與暗夜遊戲
歡迎入內解謎

滾燙的蜜澆在
一落落沙丘
盛放的小蓓蕾

且探索　且遊走
大口吞食

或濃或淡
或虧或實
你那幾晚是月
酒成了烏雲
遮去所有不堪

拾起鑰匙
撓去覆蓋其上的塵
輕轉　開啟

大蟲與山洪
縮時般花開花落
灰濛濛的蜜蜂
沾染一身親密
轉身離去
不打擾

當保鮮日即將到期
科技被施打
智慧逆了生長
人造花反噬土壤
曾經生命力的一切
縮回母體
黑暗中不怕落雷

可惜那曾有的燦爛
沙漠死亡之後
再不逢甘霖

## 來生　我願是顆種子

萬物的最初
食與色
無瑕　清澈

每雙眼
都期待著被愛
浮空輪迴
尋找落點
「恭喜！您來到人間」
引導者悉心挑選
通往離群索居的沙岸

按捺了手撕慾望
等心跳平復　揉合
渡輪氣味的魷魚香
小徑攤開了請柬
泥濘上的燙印　路有所指

就落下吧
像顆輕盈的種子那樣
發芽時
勾引小門前的蓬草
與山林纏繞
根向海
枝葉向陽

來生
我願是顆種子
就這麼就地發芽

攀上雲可能嗎
披上汗濕的羽衣
便能竄入天際
合眾人之力
創造宏觀美妙的
第三幕

為了完成奇幻壯遊
邀請猴群
一同醉倒這迷離盛宴
且看　青筋與蛇
如何廢墟裡悟出空

啊　來生
我願是顆種子
就這麼睡進光的棲息地

## 獵戶與阿爾發

穿越無可計量的
時空間
晨昏分時
與魔相逢
遇見二百七十五個我
一個自我分一顆星
各自變種

宙斯的花園
有些含苞
有些光暈搖曳
一朵朵手摘　綁枝
擲入水池
被許下的願
不被認真對待

銀河染了霓虹
唇與流星碎片相逢
手上的厚繭

吻向　軟萌的花朵
迸發了
Super Nova

估算不出
相遇的時差
請好整以暇　只要
膽敢移動寸步
就如隕石失速
收縮
吐放
接著撞擊　噴發

土星呼出煙圈
環繞中心巨大能量
巨大海嘯牆　擋下
外來的
多餘襲擊

此刻暈眩的嗅覺
我是獵戶
你是阿爾發

互為彼此不可分割
繫上我最美的腰帶
點亮公轉之旅

## 點一盞夕陽

等待像隻昏鴉
渾渾噩噩晃向天涯
無論失眠或安眠
寧可自我打擾
不歇息任何島嶼

對錯被遺忘了
是非亦被暫且擱下
愈飛愈高
直到稀薄大氣
令人昏厥

一磚一瓦
細心砌成塔
自我囚禁
等不到拜訪

也許該剪去長髮
落在曠野
讓生命自由生長
正視愛的謬論

鴉持續飛翔

點一盞夕陽
千流百洩的軌跡
映著神傷

## 送上一杯最暖的咖啡

以愛為名的河
雨和漣漪
彼此是因果
彼此調和

人群水岸旁
光宗耀祖的遊行
慶賀河水的
瀲灩或
純粹的流動

明和暗
聚和離

微笑不是主戲
只是影薄的畫外音
收到一瓶
便利商店的紅酒　有著
無法勃起的味蕾

嚥下灼熱後
自行解決

行行好
送上一杯最暖的咖啡
以便熬過極凍的今夜時
有些許熱度相陪

雨就這麼不停了
漸漸暗湧成
一團污墨
浸滿了街
難分難解　就
牽起陌生旁人
相擁　跌進溝裡去
落難的身軀
竭盡力氣
吐出隻字片語
被汙泥吞嚥

寫上一首最苦悶的情詩
在公車車窗反潮時

留下一句彌足珍貴的告白
在錄音機的末日

## 同一輪月

牡丹孤獨時
望著它

海豚孤獨時
望著它

岸是邊界
思念染了藍

鋪了一地軟瓣的水黃皮
望著它

想起家鄉熱湯的旅人
望著它

路是靜靜的川流
前行有時
等候停泊

我們望著同一輪月
卻無法
療癒彼此的傷

## 振翅遠走之後的故事

時間倒流
山林原封不動

霧依舊陰鬱
瀰漫著夜
文字逃離信紙
爭先恐後

往日那隻自由鳥
樹曾試圖追逐
卻追失軌跡
迷失於這山林

逃離　是無跡可循的
一時薄霧凝滯
月光壅塞了
如同摘去了眼鏡
線索亦被隱藏

振翅遠走之後
樹低鳴
嘗試抖落淚水
卻就這麼乾朽
彷彿一團火讓軀幹
轟然飛散
化為塵

沒留下一絲枝葉
或伏筆

漸漸腐化
走不了　放不下
也許一開始就不曾有過
消散前　他思考
漩渦中心的那陣暖
是幻覺吧
在還沒飲下焰火前
誤認為歸途

恣意地讓
所有　無法動彈的一切
隱隱作痛的孢子
自由放飛
證明生命曾奔流
要是真有

來年夏
再也不記得涼夜
為何煩了心

## 木質湛藍

選在地球中心
靜靜佇立

靈魂　被大氣攔截
凝結在尚未降生之處

安靜
被挑選

偶正被雕琢
木質湛藍　未成熟
等一句命定的話
即可點睛

## 賴著最純淨的水

熾熱火焰下的黑掌
肆無忌憚地擴張
揪住了
就是一陣毒熱　炙身

你持續
凌遲般盛開
萬物都被迫在你的
陰影下炸裂
遍野花苞低著頭
祈求赦免

簡單的露水
足以使人溫飽
然而雨
是宇宙

你霸氣燦爛
幾乎成了

劇烈燃燒的星
而我是陽炎
跟隨你
圍繞你身旁的
都失焦　自焚

若長出一尾長鰭
能否游離你　漫天燒灼的瘋癲
向下潛入水鄉
讓最純淨的涼水親吻
焦黑的傷
剝落的皮屑
淤泥攪和呼吸
也無虞

我會賴著最純淨的水
成為野蓮
也許就自我耽溺
一種境界
沒有你或誰

## 守望花田

戀人曾有座花田
晨曦與落葉
彼此寒暄
黃狗與蝶
自顧自晃蕩

水坑仰視著炊煙
幻想宇宙的模樣
有天　水成了雲
飄忽在海上

濕冷的鷺
叼起殘存的藻
想念秋日的穀色波浪

當年少窩著禿枝餘光
永恆　在說了愛你之後
便有了時限

為了尋找遺落的香
花願逆流而上
栓塞的蜜　是蜂的桎梏

我們各自溪裡去　林裡來
再相遇
吹起那陣暖風時
頃刻萬年
守著望著的
花田終會滿開

# 月光與城牆

01

在將睡之時

送你一把溫柔撫觸

髮絲是夕陽的穗

瞳孔是星夜的墨

將你細細梳理成牛郎織女

那行雲流水的鵲

02

月光盤算著

築個深邃的窩送你吧

寂寞時

也許可以往裡頭躲避

那兒無人打擾

包括月光自己

你只需欣賞眼前淨土
無須擔憂
砲火
塵暴
羊群
或年華

03
你蓋起了護城牆
試圖阻擋在外
苦澀成河
失去是衛兵胸口
一道劍傷

遠方　你凝望
星辰全都噤聲
我抓了一把月光
和著潭水
強制讓你服下

你暈成桅杆前的淡藍
深深是城牆的遺忘

相信你無所不在
就都自由

## 後來的雨擅於調製

茶香從指尖傾流
輕煙圈圈
水坑點點
泡沫　與梗一同
渦流而下
思念學會了跟蹤
我將行囊倚在拉門旁
主動遺失

碎裂的細雨
滴入杯
房簷下方有淚
抽抽答答
屋裡有人
氣味苦澀　溫熱壺中
煮開的是
對坐的預言

生活　是常態的考驗
解題是永遠
孩子將傘留下給了歲月

餘下的人一哄而散
在榻榻米隔間
存在　和窗外
過目即逝的夕陽
都被打了問號

是誰
在霞光從剛粉刷的
窗櫺細縫
硬是柔軟鑽入的午後
曾躺在我的膝上
與愛
僅有一個吻梳開的距離

後來的雨擅於調製
敏感　複雜性的
味覺哀樂
踏下後水花飛濺
孩子笑了
從此只記得此刻

## 高空獸物

午前大雨凍結在
離地六千米
飛機拉開首場大幕之處

濕漉漉的腳印
沾了忐忑
和阻礙知覺的酒

真空吞噬
好整以暇的進出
湧起熱浪
高空中雲霧奔騰
即興哀嚎　切記低聲
節奏是亂流
一陣一陣直搗黃龍

原始能量上膛
一觸即發
在斷了紅線的火山內壁

摩擦使其沸騰
爾後爆炸
引燃冰冷大氣

蛇吐了黏液
水浪翻滾
駱駝從容不迫地
咀嚼乾草離去
在舌尖留了蹄印
以資紀念

牠們知道
這裡不適合安眠

要在大幕重新降下
才都學會沉靜
蛇穿回黑色外衣
重拾睡眠本能
停止降雨
迎接冬天的到來

## 火車

你的窗外　景色飛馳
曾為了何人逗留

是否發覺
過往的痛徹心扉
不是孩子尚未成熟
而是如今渴望　卻
不可再見的煙火

或意識到了　那盅
翻山越嶺送達的
熟悉的排骨湯
想起老家舊舊的窗簾
陽光　剝落的天花
壁癌浮現兔兔形狀

陽光暖開綠皮椅
儘管一身疲憊
依舊載著喜怒哀樂
開腸剖肚而去
傷痕累累回頭

過於刻苦的愛　像
失去動力的輪軸

拋錨的機體
停靠在等候拆解的墳場
這有支離破碎的
肉身　和難以辨識的記憶
往復再找不回
旅行的動機

故事習慣書寫
很久很久前
旅程下過的雨
漸漸糊成
新舊交錯的痕跡
被一一撕去
跌進風化的紙箱

曾執著的旅客
聽來都有點嘲弄
新的篇章
繼續書寫

新風景
各自瀏覽

## 桂花　八月天雨

桂花
八月天雨

就這麼凋零吧
緩緩地無妨
順著擾動我的
寂靜晌午
萬縷千絲
一起落入大湖

再乘著冷風
一路向北
落在我濕透的襟上
你只是暖心提醒
家鄉也許曾傾頹
但我回眸
不消一刻便繁盛如往

我隨時針
栽下了淚水
滋長成一株柔韌的藤
等著適宜的某世
綑綁彼此
可行？

今晚安眠的芽
是餵養明日蠹蟲的養分

不知你桂香已散
而我已被涼意蠶食

## 貝殼砂

無人知曉基地
分別來去
你眉頭微蹙
海噤聲

島嶼風
有即期的濕苦
將魂融解
我在最後一刻
試著抵禦
暫且還未碎裂

心照不宣
就靜默
使浪隨意綻放
瀏海無規則張揚
蟹借用死去同伴的窩棲身
成千上萬的凶宅
被海淘洗乾淨

若時光繼續流逝
我倆就在這化成石

直至兩道洋流
順湧而下　摻了鹹
畏懼美好
於是讓風散落了我

## 隱生宙

回到你能想像的
最恆久之前
海洋吞沒海洋
地盆張裂如同撕開傷口
未成年的赤道
身子發燙
極地煽情誘惑
羞赧的　試探彼此

撞擊出生命之時
神亦淪陷
以最激烈的舞姿
於天地間做愛
產下了一群大陸

我要　我要
當上第一顆細胞
驕傲地佔有 這片大陸
在音樂還沒被認知以前

聆聽著無聲萬籟
在一切所能想到最原始的
最本能的一切
都還未被證實或意識以前
節奏就對上了
心就跳了

沒有過去未來
只在當下
極地之冰　以
滅亡般運轉速度
放肆蔓延　永凍

失落萬年從未失落
我們是第一隻魚

## 櫻桃小鹿

01

旅程長出疲憊的紋路
沿途盡是黑眼圈
果實撲鼻
勉力睜開眼
散光和柔焦無法分辨
通往那最隱密步道
沾沾自喜
擰開無形的鎖

02

月凝結柔光身形
挨著老屋殘破身子
操控低冷的霧
淹過山坡
迷途小鹿前去
湖岸停留
飲下最後一口生命

03

葉的滴落
是融解的同情
奮力擠出所有同理心　化為
露水一杯
撒向萬籟
及殘破不整衣衫
濕透天地
有聲悲鳴

04

丘陵起伏
如小鹿睡去的肉身
葉脈向四方裂開血珠
蔓延而上　吞食山頭
像長廊盡頭推開大門
那陣奪目的白光
尚未察覺
已被輾成汁的櫻桃沾染
血腥芬芳

05

牢房圍籬

稻草人雙腳麻木

服下嫩葉

將月的殘酷吃乾抹淨

整夜腹痛如絞

癒後便不再迷戀

華美的綠野

## 啟動雨的到來

浪拍擊堤防
心臟與之共振
一聲令下
火箭隨時可升空
屋簷下的風鈴
被陰影擺了一道
誤認風雨欲來

藍色浪板努力學習
當個稱職的海浪
咖啡揉進了一小撮鹽
果然是海
嬰兒眼睛一亮
浪頭上的豚
玻璃窗內的笑語
試圖共鳴

聲音　色彩　味道
線索刻意被留下
等待船隻循線而至

當港灣
積起了雲

請允許其堆疊成群
啟動雨的到來

讓島嶼成為水鄉
滲透灰牆的毛細孔
沾濕月曆的皮膚與時針指向
推遲那遠離的可能

勿忘那崖　與橋樑
相濡以沫的片刻浪漫
斷了對外聯繫
一杯偽裝沸騰的咖啡
找到理由　就和
雨的蒸氣
共同昇華了

## 點亮的燈不為旅人

失眠的夏夜
又想起
時間故障
病徵是忘不了

信箋拆封之後
骨幹是思念
流淌的淚
字與字暈染彼此

晴夜迴盪
最粗暴的纏綿是
枯黃髮鬢　粗繭的手掌
電光石火
在汙泥鋪成的涼蓆
化為蟬蛻
意圖　散去全身暑熱

轉身回望
星星停止警示
午夜失眠的鯨
潛行技術再高明
逗弄不醒
海的深層睡眠

不堪霧的聚散
點亮的燈不為旅人

浪從不搖尾乞憐
岸亦未曾心軟
粉身碎骨是必須

這半島
棲息於南方
風的步履穩健
海的呼吸卻蹣跚
旅人歸來
撿拾分靈體

而塔是寂寞
星是昔日

## 枯萎的萬里千陽

趁著日暮
萬幸得來的緩和
隨興而致
或坐或臥吧

思考人生時
切忌黏膩
沾滿了蜜的故鄉
適宜靈體脫離
逃去遠方

而樂土持續從遠方寄來
一撮鱗粉　一綹夕陽
與自由調製成
今日的妝容
呼喚聲沿著
新鮮空氣　撲鼻而來
像幼時對吧噗
難以抵抗

喘不過氣就掙扎
肉體不是制約
也不該是
俯瞰一切千錘百鍊的往日
挑一個黃昏
振翅飛去

翅膀每拍動一次
來時路就震盪一回

捲起雲　和
枯萎的萬里千陽
捲起所有
意興闌珊的魚和大雁
那海已臣服

路人指點著你的靈魂
說不該浪費

那些愛呀
怎就成了不得不
成了藉口

若綑綁
靈魂即刻瀕死
軀殼是無謂的武裝

等候牢籠瓦解
及風和日麗
離人世愈來愈遠

## 秉燭讀經

漫著能量
幻覺來回穿梭　從事
某種不見天日的交易
文字被化為了岸邊杏桃
樹下駐足
因被撫摸而顫抖
噴濺了汁液

眼底湖光
無須深深潛入
即可盡情攪弄
水中翻肚的蛙只是仰式

窗被強制闔上
小沙彌阻擋了月
秉燭讀經
不願被誰侵擾
邪魔歪道
一個念頭　一聲咆哮

躲在沙盒裡
安穩的睡一覺

若你想親吻那股芳香
眼睛睜開即可

II.

# 滿溢水岸的金針花浪

忘了何時愛上那昏黃暮色
想是你離去之後
流動的霞彩
像極了光華萬丈卻
一夕敗落的　舊時光

於是習慣性走在河岸
讓水氣試探我微溫的肌膚
幻想
還能感知你
迴盪雲裡的問候

## 山與山之間

你正在往前行
陌生的方向
不曾回頭
像隻漠然的鷹
順風滑翔

下一站去了哪？

帶走讀過的河光山色
雀的挽留是後記
把南方的故事
集結成冊

山與山之間
斐然成章
你可曾翻閱

有時太陽會變成粉末
拿捏在聚與散

有時金黃
有時翠綠
被稱作思念
像剛泡好的茶湯
最微妙的比例

得慎重其事地端坐
雙手捧起　輕啜
不那麼深沉的人
見不到的色彩

這曾是你停留之處

你眼裡偶爾也有陽光的
否則我的暖從何而來

偶爾偷偷懶吧
旅途還長
別急著趕路

還想陪你
繼續無法計數
繼續疲累
賴在彼此的山腰
基地之所以名為秘密
是因為僅有你我
無可取代

笑容襯著天晴
隨風潑灑
染了一身霞
風涼　枝葉散了
餘溫浮盪
在山與山之間

## 腳踏車

別離去
你忘了我還在

疲憊的腳踏車
守著門
等候小主人
回過頭
道別

## 如果我想念你

如果我想念你
我會去你去過的地方
聞一聞空氣裡
你的花香

如果我想念你
我會抬頭
用每一道來自你的光
在天地沐浴

如果我想念你
我哼歌會有笑意
滿滿地
能滋養窗台邊的小枝芽

如果我想念你
我的文字會開始綿延
自由去向他的目的地

如果我想念你
我就計算雨落在頂棚的聲響
夜裡的百萬顆小水珠
如何長途跋涉
回到海洋

如果我想念你
我不停留
不追蹤
我要一切如常運轉
生生不息

我活著
你也活著

## 消散之聲

緩緩飄落的你
不是凋零
我詫異

你的肉身花朵
心的濃蔭
歷史的種子

在蒼茫中
在最適宜裹上暖陽的
秋日氣候

硬生生放棄
節瘤滿佈的枝頭
自顧自地瀑布而下
在誰也無法企及的
半空中盛開

洩流出雪白脈絡
萬籟俱寂
映照你
光芒萬丈的身姿

## 行禮如遺

01

我站在車水馬龍前讀詩
把襲來的熱浪束成花
當成給你的見面禮
一點心意

你插在瓶裡釀成酒吧
多年未見
等我們再相聚
一起開封

我會娓娓道來
你未曾參與的我的過去

我這裡見不著海
雖然我試圖陽光一點
反正你不在乎
我知道你不在乎

我像不像個男孩

我想我會驚訝你的笑容
比我腦中的大海璀璨
你是珍珠
我是海豚懷抱著你
懂你的人總看得到
兀自發光

我先乾為敬
敬我們家鄉的味道

02
我想去山上
只是想想罷了
膝蓋早脆化
像無限之戰那樣的粉塵
你未曾看過的電影
且讓我口述給你聽

那是我的本事

若是有陣風攙扶著我
或是幾根鋼絲吊起
抑或是隨意
什麼不知名的力量
帶我站上高處

能眺望了
離你近了一些

那我會拭去眼角的汗
揉成一朵山嵐
泡成茶　與你對飲
閒適談天

我們曾經這麼做過嗎？

03

你愛酒還是茶
許多資訊
以為大神終究是大神
實則不
你被遺落在編碼之外

我好像總是冷漠
任憑最後的文字鍵入
留在虛無溫度裡

幸好我如今浪漫
能讓你知悉
一片北京的梧桐葉
都如獲至寶

肉體潰散了
科學無法證實了

我讓坦率或愧歉
乘著時光機
代替我去找你好嗎

無形的力量去找無形的你
帶上所有我想得到的一切厚禮
拜訪你

你在哪裡
哪都在
哪都不在

## 殘燭與風

活過了生命裡
最長一天
腦內世界的天
是無量瀑布
急速傾盆而降
一身浸濡

苦修再久
仍舊無法理解
星星為何隕落

殘燭與風
光與影搏鬥
約定如欲實現
或許得賄賂守路人

喟嘆這段旅程
曾相伴過的日子
吹過的那陣風

燭若是輸了
就披上大衣
允許懷念
過往暖和的幻影

而煙塵
循著戰勝的風
越過橋
攀過神樹梢
被引領　纏繞
向枝頭裊裊

桂花香和尼古丁
怎麼摻弄才能麻醉
讓迷亂的官能
一嗅初始
成為新生嬰兒
啼哭微笑

## 敬風一杯甜甜露水

褪去多餘的外衣
你是赤裸的賊
一路潛行而去
怕驚醒了我

偷去腸肚裡的千絲萬縷
只留下一抹
恆久綿長的餘液
往復再不可見

低空噴濺的水窪
顛簸了歲月
繁花行軍
被淘澄為酒
落葉仰頭鼓譟
群起舉杯

敬風一杯甜甜露水
餵養蟻的瘦骨嶙峋
折去無心授粉的蕊
別在你冰冷胸襟
讓引路花
替你與來世打個交道
焚向盡頭
風會應允鋪上花瓣
在你觸地之處

## 為安

搶在凝霜前擠出
枯流兩道
眉稍攀起了雪
露　跌落了葉
瀰漫泥濘去路
織成萬物期盼的甘霖

時序運行　心
在對錯間反覆洗滌
罪孽被默許
一旦睡了　容顏就純淨如水

喜怒哀樂埋葬　而
即將冬眠的蛇
悄悄吐信
嘶吼入土前的一道警醒

## 夜的有聲撞擊

今夜曇花不再盛開
封鎖的勢力範圍
原地枯萎

香煙裊繞
未知的巷弄
醉酒地標
迷迷糊糊的紅暈
不甚光彩

肉身覺醒之時
倏地燃火
點亮我仰頭一瞥
臉龐的末日

夜有聲
切勿理會　但
前往黃泉的旅程疲憊了
沿著餘香回頭
記得揮揮手　大聲告別

黑夜撞擊黑夜
力道之猛
猶如雷般悶響

驚醒夜不成眠的人
走進園裡賞花

## 春日興味

旅行去哪呢
我和你同路進退
呼吸是寫意的浪漫

我的皮毛
順著你的呼吸搖晃
你若是港口
我便讓船在此停泊

春日興味
是走音哼唱時
隨你步伐跳躍的輕盈波濤

是眼底波紋
一眨眼漩渦捲入了片片黃葉

是我想你乘以無數倍
化為水晶簇簇
累世的能量

用來蟄伏在你腳邊

我的尾巴是稻穗
奉上所有
餵養彼此

III.

# 懸崖邊的瘸狗

野狗瘸著腿
數不清一生所犯過的錯
別責怪年華操弄我們
光陰一向都是公平以對

時光多慢
這山稜線有多長
我們吹著同一陣風
聽著彼此故事
為彼此感傷

最終
他蹣跚腳步而去

會的
有一天我們會對望
站在彼岸
不是哭著而是笑著
不是現在　而是未來

## 你的痛被允許了

落在崖邊
是否確實呼吸
稀薄的氧氣
為了驅動生命
而無時無刻沸騰
若是爆裂
會否有人想起
曾有顆種子悄悄來訪

溪岸鵝卵石
被折磨了萬年
它的圓滑
從非出於自願

草木原是豐盛而來
當下等候腐朽
那樣的絕望若被默許
有沒有人
能輕輕附耳

告訴他
「你的痛被允許了」
為他默禱片刻
推他下墜

## 大船載滿了淚

夕陽　水光
倚靠著彼此敘舊

風捻了一縷霧
串成棉花糖
遞給岸上掛念的人

旅程很長
別急著擺渡
湖底藏著寶藏
划行時處處漣漪
一圈一圈向愛人擴散

安靜是畫
談笑就成了詩
避冬的飛鳥道別
順著船夫眼角
紋路的方向飛去

露水凍結
老葉瑟瑟發抖
大雁啄起了最後一隻蟲
幻想暖和

大船載滿了淚
沿途不停
跛行　曳向遠方

## 野人之詩

雨落下之後
就死去了
想為它好好埋葬
用喃喃幾句祝禱
紀念它來過

興致一來也許
哼唱幾句輓歌
獻給大地
妝點喪禮

糾結的毛髮
溶入植物的毛孔
及細胞
葉片上呼吸道感染

失聲的雷
不過一道白光
大起大落
啞然炸開
水煮黃魚一尾

## 多雨之城

藍是最神秘的色彩
剝去了衣衫
卻仍餘下一片赤誠

天體運轉如昔

今晚　粲然肉身
解放了多雨之城

## 花鳥風月

都市裡
不見山或海

書寫花鳥
但伸手無力觸及
日月星辰
亦離我遙遠

可為什麼仍想望
那天地念動

難道在這泥水之林
還有一絲靈巧
從未曾放棄
持續拉拔

直到歸鄉　化為無
與花鳥風月招呼
久違了
受邀入席
才算此生圓滿

## 一日之計

一日之計
從葉子的集體殞落開始

路過了旅店
門前撒落一地紅玫瑰

想是藏馬

昨夜優雅地來過

## 床單一隅

晨光與你
世界如此安靜
鬍渣　晴日
昨夜金星
我忘了說
窗簾的水漬乾涸時
舊舊的痕跡
很像你下巴曲線

## 吹過的那陣風

螢火蟲落寢豬籠草
蜂於屋簷建起單人床
面對慾望
都會溶解　死去
善良在角落長出
屬於自己的小小樣子
誤以為沒被時間發現
就不會枯萎

即視感年復一年
行囊卸了又背
爭相追逐最小單位的陽光
盡力了
卻仍看不清
只能就著微光
帶著傷　和
流離失所的靈
原地腐爛

晨起的蟲
慶幸逃離土壤液化
免於被吞噬
卻躲不過烈日燙灼
枯焦成粉塵
順著風　一路留下線索

若這陣風
正巧環繞著
任何一個分裂的現世
或赤足奔跑的印
會否突然驚醒

## 鷺鷥阿德

天還未亮
他孤站
凝視星體運轉

似等非等
不管運行速度

水鳥河岸滑行
為溫飽
狗警戒劃地
為領域
涼亭裡的眼鏡仔
練習吉他
為愛情

黑色草藥敷上大地
看似各自痛楚
實則齊力療癒

阿德踱步
誰經過
都不理不睬

覺得冷是主觀認定
存在是存在
沒有過去或未來

頸子晃著
羽衣抖著　走著
沒有證據顯示
年歲就這麼過了
不怕老或死
孤身來去

小確幸是
靠著萬物甫甦醒
微溫暮光
瞇著眼捕捉
第一隻
早起的鮮蟲

## 魚身

我在海底
天是輪船劃過之處
霧是　雷霆萬鈞的海嘯
襲落一身自尊

恍惚褪去魚身
願化為鯨
於適切葬身之時
孤單墜下

## 唇覆蓋另一張唇

側腹如鰓呼吸
摘下眼鏡的視界
起伏間　誘人氣味
潛入小溪

泥流與老樹
閒話家常　分了心
趁隙而入
年輕的肉身
湧上能量
尋找光熱的來源

陽光疲倦擁抱
攬著肩　稱兄道弟
撫摸時一片赤誠
緊貼渡水
像是生死交纏在一塊了

有些事物需要燜久
心才會透
諸如米飯　曖昧
或半熟的太陽

黃蝶飛越溪水
我們赤腳踏向碎石
浸潤相伴
厚實臂膀　鹽份瘀青
泥巴角力
為了同一目標
擬定作戰

聆聽蟲子進逼的聲音
蚊帳外模糊
此刻話語暫歇

唇覆蓋另一張唇
結束這回合
侵門踏戶的撩人

## 我的海的深藍

身為汪洋
如何尋找起源
越過千米深藍
無盡深淵帶

慾望海床蔓延
與微生物一同安眠

若浮昇會耗盡
僅有的　微弱的力量
懇請拒絕
留自己一些退路

我的海的深藍
深藍色的他　沿著
沙岸流淌

海鷗說謊
偷竊的魚無法反芻
就帶著滿身傷痕
潛入躲避

凝視使我
低溫灼傷

泡沫啞聲哀號
聽見的人
能否及時拯救

濕冷的疤　水中隱隱發脹
不被察覺
於是無聲泣訴

## 沿路亡逝

裝扮著無表情的臉
迴避迎面而來的目光

沿路 捻了花瓣
占卜一切能量聚散
及失蹤的機率

煙火此起彼落
爭先恐後留下色彩
原地爆炸
今世無緣星河
仍博一個普世歡騰

青春是葡萄
釀成烈酒的質感
和著血
在齒縫鹹澀
舌尖細數五味

聽見深處
傳來求饒聲

淚在風裡被蒸乾了
沿路亡逝

## 夜的發光體

鷹啼哭
天無邊際
卻困縛窄林一處
樹展開身軀阻擋沙塵
極盡呵護新芽
餵養入夜後第一滴
處子的露水
落在年輪的大湖
一圈圈擴散
滋養茁壯
土壤緊咬不放

雨水濕潤後的湯
適宜捧在手中
寂靜的
飲下一碗遺忘

愈是被囚住
愈要掙扎

讓鷹銜著芽飛去
去哪都行
只要不傳來
林木的哭喊

夜的發光體
總是安靜等候
也許流浪是為了享受
被他延脊愛撫的痕癢
即使無風
也不需要等誰搖著筏
就能出發

## 雀是自由

也許就有那麼一天
稻殼就留下了
穀被丟棄
而沙岸總有抹不去的印
蟹與海星
誰會先被老者撿拾

雀一身靈巧
佇足在青春正茂
相遇有時
叫人難免遺憾

因為不願被寵壞
急著展翅
飛到另一處沙地
落地啄食
搶在思念還沒向下
扎根蔓延
先厭了自己的精神
不願耽溺

偶爾回到原生的巢
試著瞧瞧
誰來過
溫習 陽光灑照的方式
鳩是否佔據了
最佳美景

獨自輕盈飛越
隨處停留
都是人間遊戲者
遠方　暮色提著灯

來過　僅是來過
雀是自由

## 少年

學習用雲呼吸
瀰漫太空船
郵筒放棄新遊戲

殘破路燈下
我和獨自陪伴著
我的藍色制服褲說
你終究不襯合體制
要被放逐
不如早一步投入黑暗
連結跨海奧秘

沒有條例定義
不合時宜的生命
身為活體動物
天性自由
吞吞吐吐之間
身分如何被證實
不在太陽下放肆

只在月下浪跡
河岸旁淪陷
廁所叛逆

少年成熟了
新鮮襲來

## 失色的故事

一朵失色的花
貧瘠的刺和卑微香氣
不敢飄向遠方
不迷人亦不傷人

被愛捨棄
不成綁束
不成禮
不敢攬鏡自憐

所謂離經叛道
被如此標籤
可這非其所願

為了存活
失色品努力許久

永不被接受之時
不信神說

吸納自己的光
長成自己的色彩

失色的葉也許忘了使命
如何眷戀陽光
失色的根碰巧落於此地
慢慢滲入
即使緩慢仍能
想起溫熱的本能

用緩慢的姿態
綻放故事

## IV.

# 命定悖論

雨下就下了
一生榮辱
如河一道　蝕刻沿岸
或深或淺
等它再次降生
全已命定

不要欺負含羞草
你不知他是真害羞
或只是受了傷

## 好好的成為一朵雄偉的花

生而為花
若無根無苞
那應是某個
位高權重的神祇
從族譜有心折去了

不見天日
要成為泥壤
黑暗中靜靜發芽
不聲不響
不被任何人注意

神要這星球上半數
PH偏鹼性的魂
噤聲　奪去依歸

花瓣不可為黑色
以免日光反噬
無法閉合的瓣

## 脫序禮儀

關於所有不公
懇求天雷降下
劈開粗草　悍樹
新生一座花園
讓特異獨行得以生長

好好的成為一朵雄偉的花
不思考孕育
專心吟唱

## 作為一頭雄性生物

作為一頭雄性生物
原始　無框無架
為所欲為
將肢體開展到極致

視線所及林間　丘陵
都應視為領地方塊
必須占地為王
一飽滿山彩霞之美

雙腿要更開
使陽具以擎天之姿呼吸
是獸的傲
驅使站在崖上嘶吼

噴嚏是春雷
驚嚇萬物
剎那響起的大鼓
用重低音殘響
懾服一個是一個

當飽滿的胸腹
毛茸茸的巨大肉身
吸飽夕陽下的無害氣流
揚起下巴
滿溢的慾望如光
揮灑草原

全天下的雌性
每一扭擺的尾巴
都是生殖出路
每一道凝視的目光
都是緊接而來的
星空與大地的碰撞

在疲軟消散之前
理智彷彿都被束收在
經書一隅
整整齊齊彷彿未曾開啟

不急　慢來
如今力量還是唯一信仰
進不進化日子會到來
也可能不

但終究吻痕
撫觸
或無意為之的爪印
都足以在歷史洪流中
留下一些化石

## 革命的長槍

蠟燭的末日
與風搏鬥
生無可戀的焦乾了

火一旦決定燎原
不再搖曳生姿
便先從最廉價的開始燃燒
例如承諾
或善良

意志生長速度驚人
神若放棄聆聽
巨獸便啃食
愈是殘暴消滅
愈是奮起

長槍選擇戰士
在皇城外圍成一圈
歷史的荒唐

從反叛的小兵拉弓那刻起
點燃改寫
再也不可收拾

病毒對最純真的靈魂免疫
無懼尖刺　或
焦黑的史書
一角成了死亡

罪孽繼續孳生如孑孓
長出了霸權的翅和四肢
用血流為愛來粉飾

謊稱天下太平

## 證明

證明畢生的謊言
善多過惡

證明他人談資裡
只有純粹正向

證明或許愛過
即使被辜負
那些非投誠自己
非俯首稱臣而來的
都不算愛

證明此生的愛都不是
搖尾乞憐而得

證明一生成就來自
財富多寡
能運轉世界
能驅動心臟
心臟確實跳動過

證明慾望能化為血液流動
血液確實流過長河

平凡一世
無從知曉何去何從

我願
褪去衣衫時
牌位前少一炷香
多一道月光

## 舉止得體的交鋒記

促狹的空間
不停打量

擁抱留在身上
是舉止得體的溫度

刻在心裡的是
敵意和冷漠
交鋒的傷

## 詩人寫惡

舟楫　能讓人擺渡
去多遠的地方
舊街燈火仍殘破照著
日常淒楚

盲者持續心心念念
月是用來矇騙
不讓百姓醒覺的光

費了太多勁
對抗是悄悄來臨的詩書
不願染上一暈污漬
不願執筆　誠實以對

害怕擁有的失去
摘一株月季
也許就離圓滿更近

使者在降落的途中
翅膀振得太急
在風雨交加季節
捎來濡濕書信

要詩人
為他為你為真實笑與哭

唱著戰歌
當騎兵愛上戰爭
書寫一朵花的殞落與重生
引蝶招蜂於耽美人間
或輿論如刀鋒利

劃傷每一道虹
在未來即將出現悖論之前

讓
裂縫擴張
讓雙手從此沾滿墨的髒污

詩人認真寫惡
靠岸時
總有接駁者
分擔他一路重擔

V.

# 薔薇樹旁的搖椅結了繭

被雨水糊爛的文摘
羞答答地哭
蛛網水氣滿盈
泥牆未被淋溼之處
浮現一幅地圖
島嶼　大陸
薔薇靜靜地凋
泥上的軟瓣
緩慢分解
而搖椅過於年邁
無法破繭而出

## 實果聚散

也許男孩窮極一生
也找不著　幼時
相伴捉過蝸牛的夥伴

一心尋找歸處
卻不知如何安然落腳
敬彼此一杯寬容
或者　就省去了悼念的禮數

第八根蠟燭
閃著火光　耀武揚威
持著夜裡神遊
我是樹的
亦是天的孩子

雀鳥觀望溝裡的魚仔
飽食過後
向南飛行
牛蛙大鳴大放

萬眾一心橫越街坊
掏空的大疆大土
實果聚散
字裡行間　花靜默
折去莖
嫁接他枝

青苔戰勝了圍牆
數不情的淚痕
是蝸牛用生命拖行的體液

男孩站在頹敗中心
埋下一粒種子
不被人注意地悄悄生長
綻放　飛翔
他鄉降落
從此再回不去

## 為自己而生的荊棘

一路向西飛越
他不是候鳥
不再回來
你眉頭皺了
不屬於你的
何須期待

瓶裡的花
只是裝飾
枯萎後　成灰
一捏即碎

冷濕之日
見不到落英繽紛
滴淌的水冰
沾濕寒風　紡成棉被
裹著結凍的根莖

巨大噴射引擎

成了恭賀自由的喜炮
演奏隆重交響曲
我是你濃郁的紅色汁液
陪你在星空萬里下
流淌成血　飲酒

長途跋涉的鐵皮客運
沾染水氣繡蝕而回
你委屈的哭了
以為就要一蹶不振
可你不是內斂嬌羞的碎花
淨白的唇襯著你
在最親密的皺紋出現前
想說些什麼
終究忍住
你是驕傲茁壯的荊棘

既無法盛開
不如原地休憩吧

我們都沒有翅膀
但我會伴著你
那銳利而去的飛機雲
再也傷害不了肉身

你是為自己而生的荊棘
我在你體內支撐
血染的通道

## 告別樹林頭

今夜滿山煙火了
就遺忘
昨夜曾遇見
星的流亡

收到糖果了
小心翼翼藏在
只有自己知道的地方

牽著妳　興高采烈
單程票
一去不回首

開始想念　童稚時光
炮仗橫向穿越
老兵被蝴蝶炮
嚇去了三魂七魄

尿尿小童和金魚
一向不能和平共存
當戰火斑駁的手掌
翻閱文摘
一字一句教學
我被龍的名號點燃了光

如今
曾劃傷鼻樑的門前石墩
雙膝下跪了
夷平了
臣服於一片浩瀚草原

可糖果呢
問自己
永遠吃不著了嗎

跋涉不用千山萬水
歲月不對誰殘酷
只是自顧自地散步

雙手顫抖地
點燃仙女棒
送它最後一程
在那晚
想起一閃而過的流星
眼睛下起雨

繁花浪漫之季
三輪車軋聲而過
兩個男孩笑顏
巷口榕樹前烙下刻印
連根拔起後
收藏於博物館
也是永恆

## 落山風林

火球垂直炙烤
鮪魚以
片狀的方式棲息著
唯一的公路
海神與山夾殺
只有最誘人的肉體
才能吸引饕客的目光

仰角四十五度
最高處
鐵扇少年笑看世間
瀟灑一脫

熱帶生物全數
向同一個方向傾倒
叢林與八卦沸騰之時
著火亦著魔

椰子樹矗立山峰

失落的果實成了小兵
從通往人間的小道
九彎十八拐　滾落
撞向悠閒吃草的牛
像喝醉的砲彈
一片狼藉完事之後
潛入海底
笑鬧荒誕人生

狂浪彎腰
襲擊白砂傲人曲線
每吻一次
添一分性感

魚型風鈴
想像春已轉身
自信滿滿
抖落一身往日塵埃
明明灰頭土臉

仍故作愜意
挑釁著
街上的癲痢狗

## 小貓

懶洋洋　晨起
鏡子前隨意撥弄
你側臉
有剛收割的稻穗

後頭總有一堆鷺鷥
迎著清晨第一道暖風
被呼吸喚醒
順著流光飛散
世界溢飽

給我手臂裡彎彎的窩
給船舶一座港口
給我河堤公園

賴上一輩子心力去眷戀
都不累

你有個習慣
繞過那個轉角

避開一些
你想避開的

也成了我的習慣
總翻越那處
轉往其他方向
你痛恨的　我亦仇視

確保蹭到你的
那一身子暖
與你手上那杯的
紙盒拿鐵一樣
是最適口的溫度

雖追不上你腳步
只要為我停下片刻
就有了動力

隨你晃蕩
生命終結也不覺浪費時光

## 偷偷告訴你

一身墨水綠衣裳
與你初見
我羞澀像初戀
我們被歲月拎著
跌跌撞撞

偷偷告訴你
其實我很冷門

一群冷門的人集合起來就不冷了
在橋墩下疾駛的時候
彷彿聽見你如是說

一盞盞橘色光球
唰地竄入眼角盡頭
側身壓低以便
捕捉他側臉的殘影
是恣意的車流
無意識形成

光的蜿蜒落在酒窩
或碎裂成微小香氛的風
灑在後頸
使你無所畏懼
季節間幾番去返
得失　你從不曾真正在意

偷偷告訴你
其實我很緊張

冷鋒也曾過境
在中隔島跌傷
呼著空氣冷冽入肺
在繁星之下我們不過是
其中一顆
可生命仍要繼續
戰勝那些襲擊而來的惡
你如此傳達

暈眩的山河
在城溝裡回神
往返交叉點
殞落多少光和黑夜
於世界而言我們不過塵埃
輕輕地
你為我輕輕擦拭
笑笑望著你
你也笑
那日之後決意啟程

偷偷告訴你
其實我很膽小

搏鬥很苦我想服輸
簡簡單單的感知
載著知足四處飄蕩
仰看花花萬物
尋一個安身

然後在某個不知名的巷道
累倒躺下
拖著疲憊一口接著一口
直到滿腹
跟當年倒臥繁星之下
許的願望一樣
你暖了　我笑了

知道自己不再如昔
還想再陪你一段
可無力了
片片剝落的是
我的墨水綠　我的皮膚和心臟
你的嫩葉　你的老窩和舊傷
失去氣力
卻依舊裹著那身衣裳

輕輕地
你為我輕輕擦拭

親吻傷疤
用眼窩的雨
潤澤我的不良於行
像初見那天早晨般
閃閃發亮　一路相伴
我即將前往我們最想去的
雲的遠方

（本詩獻給陪伴我多年的奔騰125）

## 城中城

繁華的城區
破敗一角
有隻遊蕩的蛾
踉踉蹌蹌
燈台旁映照門上雙喜
隱隱輝煌
守著闌珊的希望

見過炮響震天的嫁娘
磚瓦剝落後
一半成了泥塵
一半褪去紅妝
半殘蛛網

觸鬚從電梯按鈕的隙縫
試探性竄出
去向何處
全憑空氣中的幽體感應
登上　去了童年

遙控車在頂樓花圃穿梭
降下　去了最恐懼的
無人返回的深處
等待地獄使者宣判
如何贖罪

舊舊的大廈
處處長出孤身的草
初來乍到的藤
穿過昔日的商場靜靜的長
垃圾和雜草交媾
成了樂園

蛆蟲只取一方淨土
挑選某個角落
豎立幾片木板牢房
那樣貌
像對街葬儀社的商品
實體展示

靜靜棲身於此
外頭標註禁止隨意大小便

扶梯失了智
一覺醒來
不明為何在此處沉睡
綠癬舖滿手腕
於是小心翼翼懷抱著
就此共生

樓梯塗了不堪入目的字
無人的電梯緩緩爬升
擱在不被允許存在的樓層
想逃離某些困頓片刻
撕開信仰即可
大膽進入裏世界

菸頭熨出黑暗小洞
洞裡魂魄遊蕩

阻擋陌生人視線
只能隨機抓住
彼此的冷影
摩擦取暖
反芻出年歲的汁液
要是霧放棄成為露水
蟲子還會不會
急著掙脫繭的潮濕

大廈前
蛾累了　癱在腐爛的根旁
我給懷中的狗狗一個親吻
向陽光走去

## 你說　回頭見

我猜你依舊記得
泡泡破滅後的那天早上
晴空下遇見一艘氣球飛行船
買票去未來

一遍一遍
練習書寫鏡子裡的貓
剛睡醒的花色
顯得有些潦草

如果夢
和現實能顛倒

豔陽下只管酣睡
成就與否沒人管得著

打開了落地窗
讓陽光透進來曬一曬床單
倒杯熱牛奶

給想玩的小狗一點鼓勵
和溫暖

一天一天
世界要你長大
卻又告訴你別輕易改變

放棄偽裝
學習仙人掌
把刺焊在自己身上
也許就不怕受傷
你如此思考

天空是大大的帆
飄揚在這浮沉人海
被礁島阻攔
然而
憂鬱裡藏著蔚藍
風一吹就能輕輕劃開
不痛也不難

檸檬在土裡腐爛
螞蟻親吻一生酸苦
離巢有時痛癢
有時幸福

總有一天踩著影子裡
輕盈的腳步聲音
像極了風吹過窗櫺
涼爽宜人
小狗搖尾等待　你說
回頭見

## 清朗而黏膩的藍

若我埋葬在你的肩窩
那時那刻
日光分解成最小單位
灑向彼此
黏著了每吋

細胞慵懶　微死
領口沾染檸檬
香氣直達五臟六腑
為海底輪助燃

我一生共鳴水浪
與你藍色襯衣
和身上所有汗液
難分難解

## 現在的我懂得去愛了

現在的我懂得去愛了

懂得怎麼耐心
照顧一株生命的起落
怎麼將飄落在心房的那些花瓣
視為一種浪漫
懂得怎麼在每一次語言碎片中
撿拾最近似真理的那顆珍珠
揣抱在懷裡珍惜

懂得怎麼走過一段烈日灼人的路
不再懷著怨妒
允許晨風輕輕吹拂
懂得被雨打濕不是頹喪
濕身高歌竟是極致的快樂

懂得午後蟬鳴
是生命的最後一道詠嘆
懂得欣賞花的屍體

與燦放之時同樣迷人

懂得　為逝去感傷

現在的我
懂得去愛了
當我懂得的這一刻
已遺忘了昔年

## 一株老樹

菜炒久　就老了
舔一口冰糖
朵頤童年

據說思念能蔓延出
最美的爬牆藤
相信擁抱後想起的
都足以湧上
酸楚風浪一陣

日光遍撒荒野
苦苦的淚種出一株老樹
不經意抬頭望
聽見歸來的呼喚
聲聲幻覺

## 顯生的可能

01

把光熄滅好嗎
不　我怕
怕什麼
不知道　可能是黑
可能是黑帶來的萬籟俱寂
可能是黑帶來的
無預警失重

相信我
把光熄滅吧
來　眼睛睜開
滿天星星
會為身在最暗之處的人閃耀

02

我送自己一抹微笑
因為它曾被妒忌偷竊

我送自己堅定目光
因為它曾被黑暗遮掩

我向自己　深深道謝
謝謝曾構築我　那過往的錯
不吝嗇地　再次道謝
因苦痛
使我更懂我

03

如果我發現幸運
我不驚擾　不躁進
留在原處
也許時光自然採摘
也許　狗兒會嗅見
將幸運叼來返還

04

詩的規則是什麼

雲的規則呢

性別的規則是什麼
生命的規則呢

愛的規則是什麼
靈魂的規則呢

05
失去連結
與你　與天地

而雨水則是
宣告末日將至的
先行軍
打在廉價鐵皮
成為貴族的浪漫

06

不曾聽過心跳聲的
蒼白燈管下
奮力擠出最後一絲能量
點亮地下室幻覺
冷凍的氣氛　我睜著眼
掙脫不了肉身

07

一週用來思念
一週擁抱孩提的我
一週告別尚未降臨的遇見
餘下一週
靜靜凝視今夜　浮空焰火

08

如果人生本是座迷園
走走尋尋
空氣裡的一磚一瓦

不過提前末日罷了
我們都會末日
萬物都會

異鄉何嘗不是故鄉
人只是花器

# 後記

年輕時書寫愛慾的輕盈與巨大──「迎向晨曦的每一天」，後來對性別不平等有感，參與社會運動，社會意識如蝕刻的河岸在生命留下紋路──「命定悖論」。這本詩集如縱貫線，由南至北一路搖搖晃晃地前行，詳實記述了我的前半生，即使有幾乎墜崖之時──「懸崖邊的瘸狗」，勉力被救贖後，終能跛行前進至今。

書寫過程中最重要的篇章之一──「薔薇樹旁的搖椅結了繭」。

我的母親在我五歲時，一路失重地領著我們兄妹，離開了新竹眷村夫家，坐著台汽客運投靠高雄娘家，我像顆種子飄向南方落地生長。雖是難堪而被動地告別了眷村身分，童年影像卻仍然鮮明。例如，與弟妹們整村子竄上竄下，看著在戰場上英姿颯爽的老兵們拿一群小鬼沒轍；以及躺坐在搖椅上的爺爺，威嚴卻慈祥的臉龐。院子的薔薇盛開時奼紫嫣紅，雨霧滲進屋裡，我蹲坐在他膝前，看著軍官巨大厚實的手掌為我翻閱讀者文摘，輕聲朗讀。某株小火苗在當下被悄悄地燃起，至今不曾熄滅。

母親帶著我們回到南方後，開啟了單親媽媽一生的顛沛流離。搬家的紙箱來不及拆開，又啟程到下一個落腳點。曾珍惜的玩具、書籍、CD漸漸蒙上灰塵，埋在永不見天日的紙箱內。我懷疑自己是否有資格擁有一個恆久不變的住處。一個專屬於我的小空間，永遠在那等著我回頭去把玩，輕輕擦拭、撫弄著並遙想過往記憶。

她因病過世前，曾短暫地實現小小夢想——「滿溢水岸的金針花浪」。我們在山裡租賃了一棟透天小別墅，有山有水，有花有狗，有陪在她身邊的愛人，有一雙兒女偶爾回去讓她與高采烈地張羅飯菜。山中蟲子多，她會細心地將給我們的那份飯菜細心地覆上小木蓋，以免被蟲子突襲。她與每一個突如其來的小生物共存，門前築巢的雀、不該出現在流理檯的小牛蛙、偶爾竄出車底的小蛇，她有時深愛有時懼怕。站在門前等候子女回家的她，被微風和暮光妝點的笑容燦爛無比，我知道這樣的生活就是她一生期盼的，也是我的。

整理文字時，我像個洞悉未來的占卜師，面對著過去每個階段的自己，詢問不同問題。那些我在不同的時空，給了我同個答案。

我曾以為人生就是努力進步，用力留下些什麼，證明自己曾經來過這個世界上。但若不順應世道、不那麼富有、不成為一個頂天立地的楷模，那這樣的我難道不配活著嗎？火箭的一生，追求的總該是愈飛愈高，登不登得上月球是一回事，至少不該想像墜落。我恐怕是害怕費盡心力去追逐的那顆星球。他會否化為黑洞，吞噬我原本已擁有的，得以安然存活的心或軀體。那我能不能不要當火箭？

後來的我，在陌生的城市遍尋熟悉的氣味。我再度回到了北方，也許是某個令我安心的靜巷小屋，某頓摻了甜膩的南方味晚餐，或者是結識令我全神依賴的家人們。我在這些物件或人們的身上尋找的，原來都是我內在最需被填補的那坑洞，跟母親一樣的歸屬感。我願是顆長出翅膀的種子，去我想去的地方，不被風阻攔。落地之處，便是我的歸屬。

無論你是以何種方式讀到了本書，我都致以最深最深的感謝。身為表演者，這是我第一次以創作者的身分產出的新生兒，文字也許不夠成熟，可絕對誠實。我堅信自己的舞台自己搭建，獨立出版看似不容易卻也容易，得到許多人鼎力協助的我，煞是幸運。

謝謝暖男編輯柏軒，謝謝介紹編輯給我的Yuan和Geri；為我寫序的文學啟蒙老師楊雅琄；為我拍出奇蹟美照的國國和家致；謝謝我的雛鳥印記、第一位仰慕的藝術家陳昭淵幫我設計愛不釋手的本書。

謝謝出現在我生命中重要的引導者們，溫柔而強大的數點創意公關前總經理黃翠曼；有情有義的前統一超商老闆玉玲姐、玉珍姐、廷汎哥；文學啟蒙老師楊雅琄；在聲音表演路上一路拉拔我的師父孫若瑜和陳國偉，以及偉憶錄音室的好同事們；謝謝霸氣為我推薦的陳好，我們珍惜著彼此的成長；謝謝甜耳朵讀劇社夥伴陪我作夢；謝謝屏風月姐、忠源、妹子、所有同期夥伴給予彼此的巨大生命能量。

謝謝我北方眷村曾有的那些故事和親戚；謝謝我的妹妹、外婆、阿姨始終默默在南方支持著我。

謝謝我過往落地之處開過的花朵，你們在我詩裡的每一處微小角落占有澎湃的位置；謝謝葉建忠、仲司、李帛宸、凡吉，你們是我如今泥壤上的牽絆。

謝謝我的母親，來生請當我的孩子，我來照顧妳一生。

2020.10.2 士林

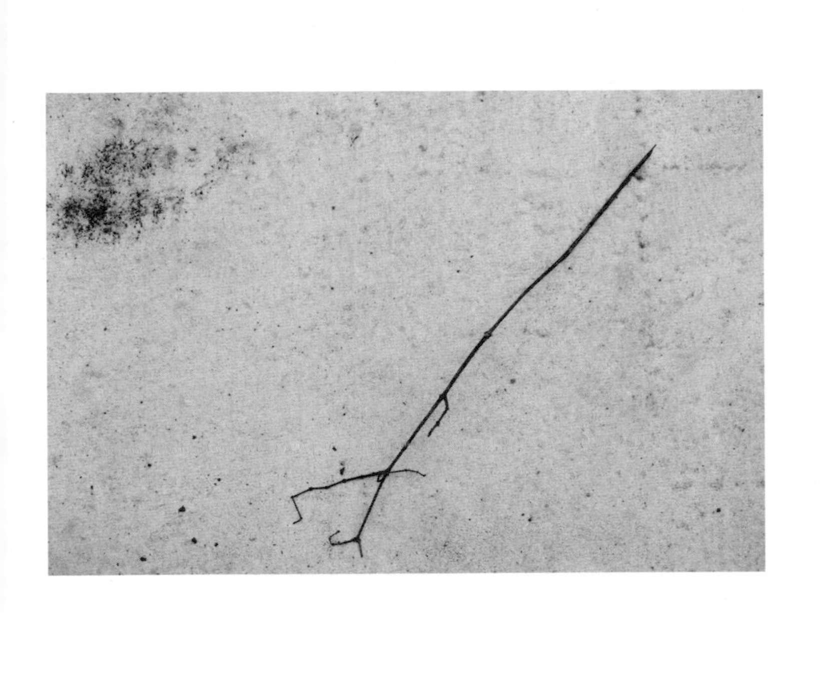

# 隱生宙

文　　字　　郭霖
編　　輯　　黃柏軒
設　　計　　陳昭淵
攝　　影　　林山
協　　力　　區家致

出　　版　　愛文社
106台北市大安區溫州街16巷14之2號四樓
eminorvonash@gmail.com
印　　刷　　禹利電子分色公司
22070新北市板橋區三民路一段99號

代理經銷　　白象文化事業有限公司
地　　址　　401 台中市東區和平街228巷44號
電　　話　　04-22208589

出版日期　　初版 2021.1
定　　價　　NT$380

ISBN / 978-986-97-2983-3

Printed in Taiwan


**國家圖書館出版品預行編目CIP資料**

隱生宙 / 郭霖 著
初版_新北市_愛文社_2021.1_192面_13*18.5公分
ISBN 978-986-97-2983-3 (平裝)

863.51　　109016338